Paolo Ferrari

La medicina d'una ragazza malata

LA MEDICINA

D'UNA

RAGAZZA AMMALATA

di PAOLO FERRARI

COMMEDIA IN UN ATTO

CENNI STORICI

Come *La Bottega del Cappellajo,* così anche *La medicina d'una ragazza malata,* scrissi in dialetto modenese: e fu sul finire del carnevale 1859.

La scrissi per l'Accademia filodrammatica di Modena; ed ecco per quale occasione.

I filodrammatici avevano preparata una delle consuete rappresentazioni carnevalesche; mancavano quattro giorni alla recita, quando la signora dilettante prima attrice, garbatissima gentildonna, ma come dilettante un pochino bisbeticuccia, entrata in timore di *derogare* col sostenere una parte anche nella farsa, con pretesti più o meno palesi, dichiarò di non poter recitare tranne che nella commedia. Essa aveva fors'anche un secondo fine: quello di rendere impossibile la recita, perché non era di suo gusto; almeno così noi sospettammo: epperò io mi misi in puntiglio che la recita dovesse aver luogo: "Se non abbiamo una farsa (dissi con certa baldanza ai colleghi) ne scriverò io una; in due giorni la scrivo, negli altri due si prova e si va in scena."

Detto fatto: alla sera del secondo giorno portai *"La medicina d'una ragazza malata:"* - E la mattina dipoi, senz'altro, si fece la prima prova; la sera altre due prove; il quarto giorno si provò tre volte la mattina, e la sera si recitò.

Io feci la parte del *Vetturino;* anche qui ci entrava un puntiglio: come Tommaso Grossi scrisse le sue novelle patetiche in dialetto milanese, per mostrare che si può far piangere anche colla parola dialettuale, avevo anch'io scommesso di commuovere con una parte in dialetto; e ci riescii: io, in generale, recitando in italiano, ero un cane; recitando in dialetto mi scopersi un grande artista; fu un vero trionfo d'attore; fu l'unico in tutta la mia gloriosa carriera di dilettante, ma fu grande. Del resto il fatto è comunissimo. Toselli, Morolin, due grandi artisti nei loro dialetti, quando recitavano in italiano erano.... quello che ero io.

Sul finire del 1859, in parte per esercizio e tentativo di stile dialogico popolesco, in parte per sollievo dalle brighe e dalle ansie di quei memorandi giorni, traslatai dal modenese in un italiano toscaneggiante la mia commedia.

Nello stesso tempo la Redazione del giornale *L'uomo di Pietra* mi chiese alcuna mia scrittura per la *Strenna* di capo d'anno, ed io mandai la fatta traduzione, alla quale la critica fece benevola accoglienza.

Sulla prima metà del 1862 il capo comico signor Trivelli, accingendosi a dare al Teatro Re alcune rappresentazioni per il monumento da erigersi a GUSTAVO MODENA, desiderò rappresentare qualche mio lavoro scenico; nulla avendo io di nuovo, gli proposi *Le Scene popolari* stampate nella *Strenna* predetta; le leggesse, e se le avesse giudicate tali da sopportare l'esperimento della recitazione, io sarei lieto di fargliene dono, affine di concorrere in alcuna maniera al nobile scopo ch'egli si proponeva.

Ecco come, perché e in quali tempi e circostanze composi, tradussi, pubblicai, feci rappresentare questa commediola, che ora presento a' miei benevoli lettori, dopo averle fatte quelle correzioni che l'esperienza della rappresentazione e i consigli della critica mi persuasero.

P. FERRARI

PERSONAGGI

5

GIROLAMO, vetturino.

ANTONIO, scrittore di petizioni, lettere, ecc.

DOMENICA, moglie di Girolamo.

FILOMENA, STEFANO, figli di Girolamo e Domenica.

GIOVANNI, figlio d'Antonio.

MARGHERITA, vecchia sorella d'Antonio.

Un GARZONE d'osteria.

La Voce del MEDICO.

Tempo presente.

ATTO UNICO

Soffitta. - Uscio in fondo che mette sopra il pianerottolo della scala. - Usci laterali. - Poche e rozze stoviglie.

SCENA PRIMA

Domenica e Margherita.

(Domenica è seduta presso un tavolino rattoppando qualche vestito vecchio, e con aspetto malinconico; Margherita, montate le scale, giunge nel pianerottolo di fondo, come per entrar poi nella propria camera che si suppone attigua alla scena; essa ha il fazzoletto in capo e un fascio di canape sotto il braccio; giunta sul pianerottolo, stanca per le scale montate, si ferma ansante e ripiglia fiato).

MARGHERITA *(mentre si riposa).*

Ma le son ben lunghe, sapete, Menica, queste scale!

DOMENICA. *(lavorando).*

Datevi pace, Margherita: meno strada da fare quando s'anderà in paradiso.

MARGHERITA.

Se ci s'anderà in paradiso.

DOMENICA *(lavorando).*

Ma, per dirla, tirando innanzi di questo trotto, ho proprio paura di perdere la pazienza e di giocarmi anche quel po' di benestare al mondo di là! Basta!

MARGHERITA.

Poveraccia, vi compatisco. La pazienza è una buon'erba, ma presto secca, come dice il proverbio. - E come va ?

DOMENICA.

Come volete che vada? - O venite dentro un pochino.

MARGHERITA (entrando)

Non posso; la rocca mi aspetta: "Rocca, morte nascosta" dice quello; ma io rispondo che già più che vecchi non si campa, e che chi ha cinquanta carnevali può ben mettersi gli stivali – per fare il gran viaggio, s'intende!

DOMENICA.

Credete ch'io sia cristiana? Da un mese in qua l'unico mio desiderio è di morire.

MARGHERITA.

Eh povera donna! Mi metto nelle vostre scarpe! - E che dice il dottore?

DOMENICA.

Oh che volete che sappiano i dottori! Figuratevi, una figliola ch'era lì bianca e rossa come una rosa, grassa come un pan di burro; vispa, allegra, chiassosa, vi dico io che in casa non c'era mai malinconia; suo padre la chiamava sempre la sua buffona! - Eppoi, bisogna dirlo, ve', buona da casa, brava per tutto... due mani, Margherita mia, due mani!... Insomma, che volete che vi dica? Ero troppo contenta e il Signore mi ha voluto castigare.

MARGHERITA (deponendo la canape in terra e sedendo).

Bel gusto anche il suo! - Ma che diavolo dice di sentirsi?

DOMENICA.

Nulla; lei non ha febbre, lei non ha mal di capo... ma lei non mangia, lei non dorme, lei diventa sempre più secca e asciutta, che a momenti un uscio ci scapiterebbe; eppoi smorta come un povero morticino... Oh! Signore, Signore!

MARGHERITA.

E, dico io, piange?

DOMENICA.

Quand'è sola ho paura di sì, perché la ritrovo con gli occhi rossi; ma appena arrivo io, poverina, fa subito la bocca ridente per non darmi pena; che mi fa poi uno struggimento di cuore quella creatura quando ride!... Mi fa risovvenire di quel suo bel ridere quando stava bene... e adesso invece, così magrettina, fa due pieghe, due buche nel viso... - Già, nessuno mi leva dal capo che quella ragazza non mi vada per consunzione!... Povera la mia figliuola! a diciott'anni! così buona!... *(Si mette a piangere).*

MARGHERITA.

Eh, ma no, Menica, non vi disperate così subito; diavolo, poi tutto quel che ciondola non cade! E vedrete che se può venire la buona stagione!... Non sapete il proverbio? Avanti che giunga San Pietro si ringrassa davanti e di dietro, con reverenza parlando.

DOMENICA *(piange).*

Vi dico che la non ci arriva fin là!... Oh Signore benedetto! Per me pazienza tutto, pazienza stentare la vita, pazienza la miseria, pazienza che crepassi io, che sono una peccatrice buona a nulla, messa al mondo proprio per soprappiù, pazienza tutto... ma fare stentare a quel modo quella povera creatura innocente... oh no e poi no, Signore perdonatemi, ma no, non è giustizia in coscienza dell'anima mia! *(Piange).*

MARGHERITA.

Aveva ben ragione io quando strapazzavo mio marito, buon'anima sua! Brontolava perché non avevamo figliuoli!

DOMENICA.

Gli dovevi dar dell'asino!

MARGHERITA.

Eh! non pensate, pover'uomo. - E guardate quando si dice le combinazioni: per l'appunto questa mattina sono stata da mia cugina la tabaccaja a ripigliare certi quattrini che le avevo imprestati, e così chiacchierando, una parola ne tira due come le ciliege, l'è venuta a dirmi che la m'invidiava que' po' di soldi, che l'ha in testa ch'io mi sia messi da parte, ma che però mi compiangeva perché sono sola, e che almeno avessi un ragazzo o una ragazza... - Povera scempia! le ho risposto io: mi specchio lì accanto in quella povera donna della Menica! - Indovinate un po' quello che la m'ha risposto?

DOMENICA.

Non saprei.

MARGHERITA.

Eppure?

DOMENICA.

Che so io? Che son io che la fa marcire?

MARGHERITA.

Che! Vi pare?

DOMENICA.

Vi dico, non saprei.

MARGHERITA.

State a sentire ve'; dice: "Quella è una ragazza da darle marito!"

DOMENICA.

O sì, per l'appunto!...

MARGHERITA.

State a sentire ve'; dice: "Quella, secondo il mio lunario, è una ragazza innamorata!" - E ve l'ho un po' a dire proprio alla libera? Mia cugina per solito è una matta sconclusionata, ma questa volta non vorre' io...

non vorre' io....

DOMENICA.

Ma potete figurarvi se anche noi non s'è avuto codesto pensiero; ma la ragazza dice di no, e di no!... E ci s'è provato Girolamo mio marito; ci s'è provato suo fratello Stefano, che sapete che tra fratelli e sorelle ci è sempre più confidenza; mi ci sono provata io, con le buone maniere... e non s'è fatto nulla; sempre di no, sempre che non è vero, e che la non pensa a nessuno al mondo,

MARGHERITA.

O il dottore ci s'è provato? Sapete bene; col dottore si ha sempre meno rispetti umani.... Parlo al dottore e non parlerei al confessore, diceva quel marito che se le sentiva spuntare!

DOMENICA.

Sì, ci si provò anche lui: ma capirete; Il dottore capita un par di volte la settimana; vien dentro, si mette a sedere, le tasta il polso! Le guarda la lingua, le domanda quelle solite cose...- che potrebbe risparmiare di farla diventare rossa per nulla! - Eppoi la solita antifona: "Bisogna aspettare la buona stagione."

MARGHERITA.

Fin lì c'ero arrivata anch'io.

DOMENICA.

E che intanto faccia del moto, che vada a spasso la mattina, che seguiti a prender la sua mistura, e via che se ne va.

MARGHERITA.

Che fosse innamorata del dottore?

DOMENICA.

Che! Neanche per sogno! Figuratevi, è il medico dei poveri, il dottor Mazzi.

MARGHERITA.

Il dottor Mazzi? Quello che gli dicono *visone* perché gli ha il viso più grande del vero? Te lo credo io che la Filomena non ne sarà innamorata! Un vecchio brutto, magro, secco come un baccalà, che, al vedere, ha più bisogno lui che la Filomena di prendere la mistura! - E dite un po', giusto a proposito di baccalà... se provaste a darle di quella roba che chiamano *olio di merluzzo?*

DOMENICA.

Che! Pannicelli caldi! Eppoi, le non son medicine da povera gente, son gingilli che fanno bene ai signori.

MARGHERITA.

Sto per dire che dite bene!

DOMENICA.

Piuttosto, mi viene un'idea; Margherita mia, vorreste un po' provarvici voi a parlarle, a dirle qualcosa?

MARGHERITA.

Io? Figliuola mia, per me volentieri; tra poveretti a farsi servizio l'è il caso preciso che un barbiere tosa l'altro. Ma capirete, se non ha avuta confidenza nei suoi di casa... Eppoi io, sapete bene, non sono, so ben io, non ho quello spirito per la quale! Se si trattasse che so io? d'uno stregamento, poniamo, forse non dico che un consiglio non ve lo potessi dare; se si trattasse ancora, mettete, di numeri da lotto, vada, ché, via, una certa praticaccia ormai ce l'ho fatta!

DOMENICA.

Che importa? Si prova. Se non altro, la vedrete, le direte una buona parola anche voi...

MARGHERITA.

Oh questo poi sì davvero, e con tutto il core.

DOMENICA.

Ora la chiamo. *(Chiama verso l'uscio di sinistra)* Filomena! *(A Margherita)* Eppoi, dite un po', lo giurereste voi che non ci potesse entrare anche dello stregamento? Dicono che non ci si ha a credere, e io non ci credo... ma alle volte.. al dì d'oggi si vede certe cose!

MARGHERITA.

Ditelo a me! - L'altr'ieri mi trovava fuori di città per ritirare certi quattrini che avevo imprestati all'oste della *Vigna d'oro;* tutt'a un tratto ti vedo a passare quell'affaraccio che chiamano il vapore! Sant'Antonio salvateci! - Dicono che l'è un gran pajolo che bolle, e sarà vero, ché per me non voglio imbrogli; le bestie non si confessano! - Ma a dirla qui a quattr'occhi, un pajolo che cammina via da sé come un bimbo nel cèrcine, con una codaccia di fumo all'ultima moda delle stelle comete, con sotto un inferno d'una fornace che ci si vede fin dentro le anime sante del purgatorio; un pajolo che caccia certi fischi indiavolati da parerci, a malagguagliare, un reggimento di sbirri appiattati, sotto, e strascinandosi dietro trenta o quaranta gabbioni di matti, come fossero tanti polli nelle loro capponaje; ah corpo di bacco, baccone, se non è il pajolo del diavolo, c'è da scommettere che sarà la pentola del su' figliolo! Vi capacita?

DOMENICA.

Zitta, zitta. È qui la Filomena.

SCENA II

Dette, Filomena *da sinistra.*

MARGHERITA

Oh buon dì, Filomenuccia; come va?

FILOMENA.

Non c'è male, mi contento. E voi, Margherita?

MARGHERITA.

Da vecchia in poi, se il Signore mi ci lascia.

DOMENICA.

Or ora ritorno, Margherita; vo di là un momento... *(Fa dei segni a Margherita, che le accenna d'aver capito)*.

MARGHERITA.

Fate, fate il comodo vostro. *(Domenica parte da sinistra)*.

FILOMENA.

Accomodatevi un poco, Margherita.

MARGHERITA.

Sì, grazie, volentieri. È un bel po' che non ci siamo riviste. *(Seggono entrambe. Breve pausa, indi per appiccar discorso)*. E contatemi un po'... dite su... Ve lo siete fatto voi codesto vestitino?

FILOMENA.

Sì, è quello che porto fuori.

MARGHERITA.

Ah! un bel vestitino, in coscienza.

FILOMENA.

È colore buono.

MARGHERITA.

Va in bucato?

FILOMENA.

Altro! Diventa anzi più bello.

MARGHERITA.

Ma allora, bimba mia, non lo trascinare così per la casa; serbalo per mettere alla festa. Sai il proverbio: "Chi fa onore ai panni i panni gli fanno onore a lui."

FILOMENA.

Oggi mi pareva fatica a spogliarmi, e la mamma me l'ha fatto tenere; eppoi, non pensate, ci sarà questo vestito che non ci sarò più io!

MARGHERITA.

Eh via, un po', lascia andare codeste malinconie! Caspita! perché il damo ti ha date le pere vuoi proprio morir subito lì per lì?

FILOMENA.

O se non l'ho il damo io! Chi vi ha detto che io abbia il damo?

MARGHERITA.

Capperi! Se non l'hai tu che sei giovine, chi l'ha a avere? Io che son vecchia?

FILOMENA.

Oh, se vi dico che non l'ho il damo io! - Chi volete mai che mi voglia bene a me brutta e poveretta? Gli uomini adesso non cercano mica una ragazza che sappia voler bene! Cercano quelle che hanno quattrini! E hanno ragione! Oh sì ve', viva la sua faccia! Farei lo stesso anch'io, se fossi un uomo! Lascia che le poverette si struggano, che diventin tisiche marcie di crepacuore... importa di molto! Eppoi, statemi a sentire; io non l'ho ve' il damo, ma se anche l'avessi, vi giuro io che non vorrei neanche sognarmi di dargli la soddisfazione di piangere, d'avere delle malinconie, d'affannarmi per i begli occhi di un brutto monello, che vi lusinga, che pare che si svenga d'amore per voi, che vi fa pigliare una cotta maledetta, eppoi, sul più bello, che è e che non è? Marcia e sparisci, non se ne sa più nuova! E aspetta un giorno, e aspetta due, e sta pure in finestra una notte, e due notti a patir il freddo invece di andare a letto, a sentirsi strappar dentro invece di dormire, e mai niente!... Gli scrivete, e non vi risponde; lo fate cercare, non si trova; lo vedete di lontano e scantona!... Ma, bambino! Trovala pure una che ti porti dei quattrini, trovala, e sposatela e góditela... e lascia che quell'altra... quella che ti voleva proprio bene... proprio un bene dell'anima... *(Scoppia in pianto)* Oh, Margherita mia, per amor di Dio, non dite niente a nessuno, ma son pure infelice, son pure sfortunata! *(Piange dirottamente).*

MARGHERITA *(stupefatta e attonita).*

(Acqua padre, chè il convento brucia!) *A Filomena)* Oh! Madonna cara! Ma, e dimmi un po': chi è codesto mariolo?

FILOMENA *(piangente).*

Oh sì, figurarsi se voi non lo sapete!

MARGHERITA.

Io! E che cosa vuoi mai che sappia io?

FILOMENA.

Ma per amor di Dio, non aprite bocca coi miei di casa!

MARGHERITA.

Ma perché mai tutti codesti misteri ?

FILOMENA.

Ma che, lo dite sul serio che non sapete nulla?

MARGHERITA.

Com'è vero che son battezzata!

FILOMENA.

Perché, vedete... *(Abbassando la voce)* lui mi scrisse che sarà due mesi... Aspettate che guardi se nessuno ci sente. *(Va a guardare agli usci, eppoi torna, - Margherita fa altrettanto)* Ecco qua che cosa mi scriveva. *(Trae di seno una lettera e la spiega e legge. L'attrice avverta di leggere come se la lettera fosse scritta correttamente, non potendo Filomena essere in grado di rilevarne gli spropositi e dovendole parere anzi bellissima).*

"Carissima amante di questo cuore.

"Il crudele destino che mi ha sempre fatto strage di me fino dai primi giorni della mia nascita, che basti dire che la mia genitrice non potette allattarmi perché ci venne male allo stomaco..."

MARGHERITA.

Povera donna! *(Si è messa gli occhiali e coll'occhio segue la lettura).*

FILOMENA *(continuando).*

"E anche adesso seguito ad essere la sua persecuzione, che si capisce proprio che io sono in ira al cielo e agli uomini! Ma pacenza per me, che in fine un bravo pozzo c'è per tutti i miseri sfortunati! Quello che non mi so dare pacenza è per te che tanto ti adoro, e che non sarò mai di nessun'altra, piuttosto la tomba! Le quali mi fa rabbia solo a vederle passare, e sarò sempre del fido amor primiero per la mia Filomena. Ma cosa vuoi che ti dichi? Mio padre, oh Dio, se n'è accorto! E stamane mi è capitato in camera come una folgore irata che pareva che mi volesse mangiar vivo vivo! Il quale, se non capita subito anche la mamma, ne toccavo tante che solo il ciel lo sa! E tutti insieme mi hanno fatto spergiurare che ti pianterei, e che guai al mondo se tornava a discorrerti, e che nessuno badasse bene di non andargli a discorrere di te, che la prima parola, non mi pagava più il cambio e mi metteva soldato nel treno a sgobbare con due cavalli e il pezzo! Ti dico la verità, c'è stato un momento che proprio non ero più in sé, e se non ero in camicia mi buttavo dalla finestra! Ma la ragion trionfò, e mi son messo i calzoni senza più rifiatare, solo che gli ho detto che volevo scriverti per l'ultima volta; il babbo non voleva, ma io allora ho dato un tal pugno di rabbia sulla tavola che il babbo ha capito che non c'era da scherzare, e mi ha subito pigliato per il collo e mi ha tenuto lì tanto che mi è passata, e allora ha detto: scriveteci pure. E puntualmente ecco che ti scrivo, vita mia, per dirti che se siamo destinati si sposeremo egualmente; ma che io non posso andare nel treno, che sarebbe peggio, che ci occorrerebbe il permesso del Ministero, il quale non lo danno mai, massime quelli a cavallo. Motivo per cui addio e per sempre e con le lagrime agli occhi, caro il mio donnino, ma speriamo il bene, perché del male non ne abbiamo fatto..." Oh no poi!

MARGHERITA.

Speriamo!

FILOMENA.

"E le mie intenzioni erano vergini come deve fare un giovine onorato. Ti abbraccio per l'ultima volta e mi dico.

"Il tuo carissimo amante infelice..."

MARGHERITA *(che ha sempre tenuto dietro coll'occhio alla lettura; legge con stupore)*

"Giovanni... Sguaiti!..." Giovannino?!... *(Levandosi gli occhiali)* Giovannino mio nipote! Il figliuolo di mio fratello!

SCENA III

Filomena, Margherita *e* **Stefano.**

(Intanto, Stefano è entrato dal fondo, ha veduto la lettera, ed udito le ultime parole di Margherita, ha capito di che parlano le donne, epperò viene in mezzo a loro mostrandosi informato e fermo di accomodar egli le partite. È un giovinotto sui diciannove anni; ha in capo il berretto che tiene piegato da una parte, le mani in tasca e tutte le maniere di un giovinottello popolano, buono, ma un po' tempestoso.

STEFANO.

Precisamente quel brutto chiacchiero di Giannino, figliolo di quel chiappanuvoli bisunto di vostro fratello Antonio! - Ma bambino!

FILOMENA.

Ah! pover'a me! Per carità! Stefano, Margherita, che nessuno risappia nulla!... Ma voi, Stefano, come avete saputo?...

STEFANO.

Come ho saputo, come ho? Senti qua! Come ho saputo, dice! Vi pensate forse che il figliolo di mio padre possa veder tradire sua sorella, possa vedere, standosene là a gambe larghe e le mani nei calzoni, come il colosso dei Rodi?

MARGHERITA.

E che intenzionacce avete ora?

STEFANO.

Che intenzioni ho, che intenzioni? - Eh le so io le intenzioni che ho!

FILOMENA.

Pover'a me! Diciam piano per carità!

MARGHERITA *(a Stefano).*

Ma finalmente poi, che colpa ce n'ha mio nipote, se mio fratello...

STEFANO.

Ah! che colpa ce n'ha vostro nipote? Ah! Perché ha scritto a questa minchiona qua una lettera piena forse delle solite moine, lo credete subito innocente, lo credete? Dimandatelo un po' alla Filomena quanto ci sia da credere alle moine di quella lettera.

FILOMENA.

Eh pur troppo, poco o nulla.

STEFANO.

E più nulla che poco!

FILOMENA.

Sì perché già si comincia dal dire che questa lettera l'ho avuta ch'eran già quattro giorni che non l'avevo più rivisto!...

STEFANO.

Eppoi, ma che? Tante chiacchiere, tante disperazioni, ma a chi le conta! A chi non vede più che al di fuori, a chi non vede! Non mica a me, ché mi ricordo benissimo che anche allora lo vedevo sempre col sigaro in bocca, e il cappelletto california sulle ventitrè a fare lo sgargiante! Eppoi, per finirla, volete saperla tutta, volete? M'hanno assicurato che sta per pigliar moglie! - Ma prima che tu pigli moglie, potresti aver trovato chi ti staccasse le fedi del battesimo!

FILOMENA.

Oh Signore! Per amor del cielo, Stefano!

MARGHERITA.

Badate che a volte per levar la macchia si strappa la stoffa! Che non vi compromettiate!

STEFANO.

Ma che compromettere de' miei stivali! - Io gli ho mandato a dire che tra mezz'ora l'aspetto all'osteria del *Pulcinella;* che venga là; io gli offrirò da bere, volendo dire che se beve gli é segno che promette d'essere galantuomo e di sposare mia sorella; per venire, verrà, se non è una marmotta; una volta poi che sia venuto, o bere o buscarle!... Ma vedrete che beve! Oh, oh! se beve!

FILOMENA.

Oh Dio! Stefano, per carità !

STEFANO.

Ma non abbiate paura che beve! *(S'avvia per uscire da destra).*

FILOMENA *(supplichevole).*

Vi prego, vi supplico fin per amor di Dio!

MARGHERITA *(seguendolo con Filomena per fargli mutar discorso).*

Badate di non lasciar la coda nell'uscio! Che non finisca male!...

STEFANO *(senza dar retta).*

O come volete che finisca? La finisce che l'amico agguanta il suo bravo bicchiere, agguanta; e beve giù allegramente, beve! Corpo, se beve! Beve come un angelo, beve! E fosse una botte, fosse! E se no, tante latte e tanti biscottini sul naso che gli muto i connotati, gli muto! Corpo, se beve! *(Parte da destra).*

SCENA IV

Margherita, Filomena, *poi* **Domenica.**

FILOMENA *(disperata).*

Ah! per l'appunto non ci mancava che questa! Oh! povera donna a me! Se non mi getto oggi dalla finestra, non mi ci getto mai più!...

MARGHERITA.

Ma no, ma no, non vi disperate; il diavolo non è mai così nero come lo dipingono! Io so... so chi è che paga il cambio per mio nipote... che non è mica suo padre!... E m'è venuto un pensiero in capo.

FILOMENA *(c.s.).*

Ma che pensiero, ma che capo, ma che cambio!... Che mi lascino morire... Sì, cara Madonna, morire, ma morire, ma morire in pace... almeno, mio Dio, morire in pace. *(Parte piangente e disperata da sinistra).*

DOMENICA. *(intanto è entrata dalla stessa parte e sente le ultima disperazioni di Filomena).*

Ma che è stato?... Ma che c'è ora di nuovo?

MARGHERITA. *(con grande importanza)*

Ah, Menica mia, ho saputo ogni cosa, ho saputo tutto, dall'*a* alla *zeta,* dall'uno al novanta, come si suol dire; e per dirla tutta, c'è dei numeracci ve'! Ma per altro il tredici, per modo di dire, non c'è; e allora c'è sempre luogo a sperare il bene! Chi sa! Io ho un pensiero qui dentro... Basta, state di buon animo; non v'avete a fasciare il capo prima di rompervelo, perché guai se si dovesse mettere il bruno per ogni civetta che canta sul tetto! Ma non c'è tempo da perdere! - Badate, vi lascio qui questa canape, che verrò poi a ripigliarla quando torno, e intanto vado... - E intanto basta che sappiate che la ragazza non è ammalata, che la ragazza è soltanto innamorata, che la ragazza piange perché l'amante l'ha lasciata!... E vi dirò poi il perché, il per come; ma adesso non c'è tempo da perdere, ché non vorrei che m'accadesse come a quel cane, che intanto che si grattava le pulci, la lepre se ne fuggì via!

20

DOMENICA. *(sbalordita)*

Oh Signore, ma di che, di che si tratta?

MARGHERITA.

Niente, niente; lasciamo fare a Dio ch'è un santo vecchio; se non sarà una cinquina sarà un terno... ma vi dirò poi, perché adesso non bisogna perder tempo!... E non c'è da scherzare, è proprio l'ultimo giorno delle giocate piccole, per modo di dire! - Dunque, la canape la ripiglierò poi, e intanto vado! Ehi dico! Badate però intanto a Stefano, perché ha risaputo qualcosa... conosce il damo di sua sorella... e s'han da ritrovare al *Pulcinella...* che si voglion dare; ma vi dirò poi... Dunque, badate al ragazzo, badate alla ragazza, fidatevi in un'amica che vi vuol bene... e che non si perda la mia canape! *(Fa per uscire e urta in Girolamo che entra)* Oh! scusate, caro voi! Proprio vero che il passo più difficile è quello dell'uscio! Ma vostra moglie vi dirà... perché adesso bisogna che vada... *(A Domenica)* Ditegli anche a lui che badi al ragazzo... e voi badate alla Filomena... E questa canape, capisco io, ch'è meglio che ve la levi d'in fra i piedi! A rivederci, creature! *(Prende la canape in fretta e parte dal fondo).*

SCENA V

Domenica *e* **Girolamo**.

GIROLAMO. *(che avrà in mano una frusta nuova a cui sta mettendo la battuta)*

Cos'è questo diavolio? Che cosa ha in corpo quella vecchia invasata? Dico! Sta male la ragazza forse?

DOMENICA.

No, la ragazza sta al solito... Ma ora invece è il ragazzo.

GIROLAMO.

Ammalato anche lui?

DOMENICA.

No, ma... non so... pare che abbia trovato da dire... si vuol picchiare... s'han da trovare al *Pulcinella*. – Vedète quel che produce il mal esempio? Oggi, non dico, avete un po' la testa a partito; ma una volta, tutti i giorni della settimana baruffe, liti... quel maledetto vizio di menar le manacce per nulla... e i ragazzi crescono, sentendo il babbo a millantare le sue prodezze di una volta, e un po' che i vizj s' imparano anche senza maestro, un po' che...

GIROLAMO. (infastidito)

Non mi romper le tasche con le tue paternali! – Io non dico che tu abbi torto, ma... infin de' conti bisogna che sia un male di famiglia; in casa mia nessuno s'è mai lasciato posar mosche sul naso! Mio padre si è sempre fatto portar rispetto, e io, to', non ho mai voluto esser da meno di mio padre; e mio figlio... non sono qua per dire che faccia bene, ma...

DOMENICA.

Ma vorreste che fosse uno sbravazzone, un litichino, uno scavezzacollo degno del suo signor padre, del suo signor nonno...

GIROLAMO. *(infastidito)*

Oh insomma, la vuoi smettere? - Dov'è questo bel mobile?

DOMENICA.

Costà, in piccionaja.

GIROLAMO. *(s'avvicina all'uscio di destra e chiama verso l'alto)*

Stefano!

STEFANO. *(di dentro e dall'alto)*

Che volete?

GIROLAMO.

Scendi.

STEFANO. (c.s.)

Vengo.

DOMENICA.

Io vo di là dalla Filomena. Per amor di Dio, Girolamo, vi raccomando quel figliolo; delle disgrazie in casa non c'è di certo la carestia! La figliola malata; gli affari che vanno male...

GIROLAMO.

Mi s'è malato anche un cavallo!

DOMENICA.

Motivo per cui non ci mancherebbe proprio altro che anche il ragazzo...

GIROLAMO.

Va là, va là, sii buona, che al ragazzo ci penso io! Va là.

DOMENICA.

Oh, Signore, che vita da cani! (Parte da sinistra).

SCENA VI

Girolamo, poi **Stefano**.

GIROLAMO.

Questo benedetto ragazzo cresce tal'e quale tutto il mio ritratto. Ma appunto perché anch'io sono stato un matto, senza prudenza, so i rischi che si corre! Io, con l'aiuto del Signore, sono arrivato senza guaj a potermi arrugginire, ho avuto il tempo di lasciarmi sbollire il sangue e di mettere giudizio!...Ma son casi

23

da segnare col carbon bianco, e mio figlio non voglio che risichi d'esser segnalato col carbon nero. Già, bisognerà finire a metterlo in truppa, che sarebbe anche la sua vocazione di lui; perché, per dirla poi, basta saperlo prendere con maniere dolci, persuasive, è un agnello. – O che diavolo fa che non viene? Eh già, sarà intorno alle civette, ai richiami, alle panie!... *(Chiama come prima)* Stefano! Di' un po' marmotta, ho da venir io a pigliarti per un orecchio?

STEFANO. *(entrando).*

Sono qua, sono qua, babbo; ero intorno a dar da mangiare alle civette giovani, se vedeste l'ultima quand'è sulla gruccia, come fa la cuccumeggia per benino!

GIROLAMO. *(brusco e accomodando la frusta)*

Là, là, m'importa molto a me! Finiamola.

STEFANO. *(mortificato)*

O dunque, cosa volevate?

GIROLAMO.

Cosa voglio, eh? – Punto primo, voglio che tu ti cavi il berretto davanti a tuo padre! *(Gli dà una scopola e gli getta il berretto in terra; Stefano lo raccoglie e lo tiene in mano spazzolandolo con la manica senza parlare)* Ora poi... vorrei sapere una cosa. Dicono... si dice... che vossignoria deve andare al *Pulcinella*! *(Stefano non risponde e spazzola il berretto)* E cosa si va a fare di bello al *Pulcinella*, eh?

STEFANO.

Nulla, to'! C'è uno che vuol comperare la mia civetta vecchia... e io ho da fargliela vedere... perché se si combinasse poi per il prezzo...

GIROLAMO

Bada, bambino. T'appiccico una frustata che ti fo alzare tanto di galla, se tu mi ritorni fuori con codesti amminicoli! – Cos'hai d'andare a fare al *Pulcinella*? *(Stefano non risponde e spazzola il berretto; Girolamo gli strappa di mano il berretto e lo getta in fondo alla scena)* Lascia stare di strofinare la berretta, che si consuma. E bada bene! te lo torno a dire tre volte; alla terza, tieni a mente che si monta a cavallo! – Dunque: cos'hai d'andare a fare al *Pulcinella*? – e una! *(Breve pausa)* Cos'hai da andare a fare?... – e due! *(Breve pausa; alzando la voce)* Cos'hai da andare a fare, e tre *(Gli dà una frustata alle gambe)*.

STEFANO. *(con voce querula e grattandosi una gamba)*

O che bisogno c'è di dare? – Ho da andare al *Pulcinella*, ho da andare, perché c'è una marmotta che dice che non vuol bere con me, che non vuole, e io, to', gli ha fatto dire che quest'oggi l'aspetto là perché voglio che beva, voglio!

GIROLAMO.

E chi è codesto coso che non vuol bere?

STEFANO.

È un garzone di un negozio di pannine...

GIROLAMO.

E si sa perché non vuol bere? – Forse perché tu sei figliolo di un vetturino, e lui sta a misurar la seta? Tu gli hai a dire che tuo padre marcia in carrozza e cavalli, e che noi altri si striglia delle bestie più grosse di lui!... E tu smetti, e usa prudenza, che chi ha più giudizio e più ne deve adoperare! E se lui non vuol bere, e tu non te ne impacciare, e non fare lo spaccamonti! Che te ne ritorna in tasca a te se non beve? Bevi con la sua bocca forse? – A questo mondo bisogna rispettar tutti, e vivere a sé, e badare ai fatti suoi, e avere giudizio! E tu attendi al tuo mestiere, e lavora, e sta lontano dall'osteria, e pensa a quella povera sfortunata di tua madre, che delle tribolazioni non gliene manca di certo, e che basta bene che si viva in casa col pover'a noi della figliola malata, senza che tu ci rincari la dose dei crepacuori colle tue spacconate, colle tue smargiassate! Che se invece di ciondolar la vita dalla mattina alla sera colle civette e le panie e i diavoli che ti portino, tu stessi puntualmente a bottega a faticare, razza d'un cane, come fa tuo padre e tua madre, non ti ritroveresti poi con codesti nodacci al pettine, marmotta d'un sanculotto polpetta! Che se non metterai giudizio, corpo di tutti i carpi! ne toccherai tante quante ne puoi portare!... E basta così, e silenzio, e subordinazione davanti al vostro genitore, se no, le son scopolacce da parere castighi di Dio! *(Stefano per non poter parlare fa atti di rabbia tirandosi i capelli)* Ehi, bel giovane! Non farmi la mimica di tirarti i capelli, che son buono di tirarteli io se ti ci prude. – Se avete qualche osservazione rispettosa da fare, fuori, si sputa!

STEFANO.

Ma corpo di bacco! Vuole che faccia la figuraccia schifosa, dopo di averlo invitato al *Pulcinella,* di non andarci io, di non andarci?

GIROLAMO.

E io dunque ho da permettere a mio figlio d'andare a far baruffa per finire a compromettersi e farsi cacciare in prigione? Per me tanto, magari ti ci cacciassero, ché così impareresti il vivere del mondo! Ma tua madre, disgraziato! La figliuola, che sta lì tirando l'anima coi denti... impallonata come un pulcino malato... che pur troppo, Dio voglia che mi morsichi la lingua, ma bene la non finisce!... Povera bimba!... Basta, speriamo nelle orazioni di sua madre! – Eppoi ancora per soprappiù che t'avessimo a aver te in prigione, che l'è poi la volta che quella donna mi crepa!... Animo, animo. Finiamola e non farmi scene... e va piuttosto a badare alle tue civette... se non altro per amor di tua madre!

STEFANO.

Babbo, non posso!

GIROLAMO.

Da bravo, Stefano!

STEFANO.

Oh, mettetevi ne' miei piedi; se uno, mettiamo, vi dicesse che non vuol bere un corno con voi, ditela tutta, che cosa fareste?

GIROLAMO.

Se uno mi dicesse a me... - Già, badiamo, punto primo, nessuno me lo direbbe! Punto secondo poi, se anche si trovasse un matto che gli puzzasse il bene stare tanto di venirmi a dire a me una ragionaccia così... Ma già, ti ripeto che a me nessuno me la direbbe!

STEFANO.

Ma puta il caso?

GIROLAMO.

Puta il caso, puta il caso... Userei prudenza, puta il caso!

STEFANO.

Babbo, voi dite una bugia !

GIROLAMO.

E se non usassi prudenza, che pur troppo una giornata dispari può capitare a tutti, sarei un asino e peggio, particolarmente se si trattasse d'una madre... d'una povera donna già piena di mille altre tribolazioni!

STEFANO.

Oh Dio! babbo, lasciatemi andare, se no dimani tutti mi daranno del vigliacco, mi daranno.

GIROLAMO.

Oh, insomma, questi sono rispetti umani! Si tratta di tua madre, mascalzone, e non hai da sentire di più l'amore materno che tutto il resto, mondo ladro?

STEFANO.

Oh, ebbene! Volete un po' che ve la dica tutta ? Sapete perché la Filomena è malata? - Conoscete quel bel fusto di Giovanni Sguaiti?

GIROLAMO.

Giovanni Sguaiti?... Il figliolo di quel sensale che ha bottega in Piazza delle Erbe?

STEFANO.

Già, dove scrive le petizioni, le suppliche, i sonettini...

GIROLAMO.

E che discorre tal e quale come le petizioni che scrive?

STEFANO.

Sì, un vecchio bravaccio, prepotente, litichino...

GIROLAMO.

Che porta il cilindro bianco... e i capelli lunghi come un albino vivente...

STEFANO.

Superbioso, più che se fosse l'arcibestia d'Atene!

GIROLAMO.

In pieno, un buon omaccio per altro! – E dunque il su' figliolo?

STEFANO.

Dunque quel mobile del su' figliolo avete a sapere che faceva all'amore con la Filomena.

GIROLAMO. (con gran stupore)

Del caro... bene!

STEFANO.

Eppoi l'ha piantata, perché dice che suo padre non vuole.

GIROLAMO. (con gran stupore)

Oh che mi tocca da sentire!

STEFANO.

E suo padre non vuole perché dice che non è partito per la quale, che non è; e che siamo poveri spiantati, e che siamo accattabrighe, siamo; e che non vuol imparentarsi con vetturini.

GIROLAMO. (tra' denti, con attenzione sdegnosa)

Che ti venga il vermocane! - E così?

STEFANO.

E così, capite, minacciò il suo figliolo di non pagargli più il cambio... e notate questa, che il cambio non glielo paga mica lui; perché, capirete che il vecchio Sguaiti è un pezzo che ha finito la mitraglia e ha più debiti che pulci indosso!... Ma pare che ci sia stata un'anima pietosa, dicono una parente, che ha promesso di pagarglielo lei! Ma che ti fa quel vecchio cane? Piglia il figliolo, e te gli fa questa bella parlata: "Se tu seguiti a discorrere con la vetturina, dice, io non ti pago più il cambio, e ti lascio andare in dei soldati, e i quattrini me li becco io!"

GIROLAMO. *(c. s.)*

Che ti si sviluppi il cimurro! - E il ragazzo?

STEFANO.

Il ragazzo, o che avesse paura, o che non gli paresse il vero di levar le gambe da ogni impiccio, ha piantato lì la Filomena; la Filomena gli scrisse, lo fece cercare, gli fece discorrer; e lui credo che le scrivesse una volta, e poi servitor divotissimo. Io l'altro dì vengo a risapere queste belle cose da un amico di Giovanni. - Sta bene, dissi, e non dissi altro; ma difilato andai a cercare l'amico, andai.

GIROLAMO.

Naturale! Eppoi?

STEFANO.

Lo ritrovo, e gli fo: "Giovanni, una parola!" - E puntualmente si svolta giù per una stradetta dove non c'era nessuno. Quando siamo là, mi fermo, e gli fo, dico: "Dunque?" "Di che?" dice lui. Dico: "Come la mettiamo?" Dice: "Quanto il cento?" E io gli fo: "Pochi discorsi e buoni; mia sorella va a farsi benedire, capite, la muore per causa vostra, la muore!..." Ma, dice lui: "Caro mio capirete, figuratevi, mio padre mi vuol mettere in truppa!..." "Tu ci avevi a pensar prima, brutta carogna!" gli fo io.

GIROLAMO.

Bravissimo! Eppoi?

STEFANO.

E lui dice: "Badate come parlate!" "Ma io parlo, mondo birbone, come si merita un biricchino par vostro!"

GIROLAMO.

Di certo, asinaccio! Eppoi?

STEFANO.

E dico: "Senza tante chiacchiere; io vi do tempo a pensarci; io sarò domani alla tal'ora al *Pulcinella;* e vi aspetto; voi ci verrete, se non siete un buffone; io vi offrirò da bere, e sarà segno che promettete d'essere galantuomo con mia sorella; se poi non bevete, la discorreremo tra me e voi. che vi garantisco io che in truppa non vi ci piglian più per mancanza de' denti della cartuccia!"

GIROLAMO. *(abbracciando e baciando Stefano)*

Va là che tu sei proprio vero figliolo di tuo padre, e il Signore benedetto ti aiuterà sempre! = Basta però che tu usi prudenza!... e che tu non dia pene a tua madre, ché questo è il capo essenziale! - Motivo per cui... al *Pulcinella,* non voglio che tu ci vada... Canaglia d'un monello, bada a non capitarmi tra' piedi!... - Ma tu non m'hai a far scene ve'!... – E quell'impiccato di suo padre!... – No ve', scene! Perché si fa presto a mettere in piazza l'onore d'una ragazza onorata!... - Mascalzoni infami! - E non si va all'osteria a liquidare certi conti delicati, capisci!... Giù per una stradetta, senza testimoni, chi le tocca son sue, non dico! Ma all'osteria, in mezzo alla gente, che ti gira un po'? *(Si ode bussare in fondo.*

SCENA VII

Detti, *e il* **Garzone** del PULCINELLA *di dentro, poi fuori.*

GARZONE.*(di dentro)*

Si può entrare?

GIROLAMO. *(preoccupato)*

Avanti, che vediamo.

GARZONE *(entra)*

Sono il garzone del *Pulcinella*. Sono venuto a dirvi, Stefano, che c'è lì giù da noi una persona che vi aspetta.

STEFANO. *(piano a Girolamo)*

(Oh Dio, babbo, lasciatemi andare, è l'amico, capite!)

GIROLAMO. *(fa stare bruscamente Stefano, poi dice al garzone con certa freddezza)*

E chi è questa persona?

STEFANO.

Non è Giovanni Sguaiti?

GARZONE.

No, è Antonio Sguaiti suo padre.

STEFANO. *(sorpreso)*

Suo padre!

GIROLAMO.

Suo padre! Ma tu aspettavi il padre o il figliolo?

STEFANO.

Io aspettava il figliolo.

GIROLAMO.

Oh, perché dunque viene il padre?

GARZONE.

Ha detto che vi dica che suo figlio l'ha mandato in un posto, ma che beverà lui quella bottiglia che doveva bere suo figlio.

GIROLAMO. *(dirizzandosi nella persona e frenandosi appena)*

Ditegli che vien subito!

GARZONE.

È in compagnia d'altri due.

GIROLAMO. *(c. s.)*

Ah!... è in compagnia di altri due?... Allora... tanto più!... Andate pure, e ditegli che ora viene!... Andate, lesto, via, *marsch! (Lo spinge).*

GARZONE. *(fra sé)*

(Guarda che occhi spiritati! Pare un rospo che voglia sputare!) *(Parte dal fondo).*

SCENA VIII

Girolamo, Stefano, *poi* **Domenica.**

STEFANO.

Dunque vado! *(Fa per uscire di corsa)*.

GIROLAMO. *(lo agguanta per il petto e lo pianta di peso seduto*

sopra una sedia, poi con tuono minaccioso gli dice)

Fa di muoverti solo di un passo, che ti massacro! - *(Poi come tra sé nel massimo orgasmo)* Ah! c'è suo padre! - Ah! quando s'aspetta il figliolo, capita il papà! - Ah! non si contentano di farmi crepare la ragazza, che vogliono anche precipitarmi il ragazzo! - *(Chiama)* Domenica! - E si pensa di venire a fare il gradasso con quelli della mia casa! - Domenica! - E dire che non ha neppure tanto fegato di venir solo, che piglia anche con sé gli aiutanti di campo!

DOMENICA. *(entrando)*

M'avete chiamato?

GIROLAMO.

Bada; portami di qua il mio soprabito buono e il mio *metternich* bianco.

DOMENICA.

Oh, dove andate?

GIROLAMO.

Vado a nozze! - Allunga il passo!

DOMENICA.

A nozze! *(Parte poi torna)*.

STEFANO.

Oh Dio! Babbo, che? volete andar solo?

GIROLAMO.

Ah! sì davvero! Vado in compagnia anch'io! *(Va a frugare in un angolo tra varii arnesi e canticchia sdegnosamente)* Debbo aver qui un vecchio amico d'infanzia... un compagno di scuola!... *(Trae un grosso e nodoso bastone e lo palleggia canticchiando con crescente orgasmo)* "Vieni fuori, amico caro..."

STEFANO.

Babbo, per carità, che non vi comprommettiate!... Usate prudenza.

GIROLAMO.

Tu pensa alle tue civette, e io penso ai gufi!

DOMENICA. *(torna con abito e cappello di Girolamo)*

Ma si può sapere dove andate?

GIROLAMO. *(vestendosi)*

A nozze !

DOMENICA.

O chi è che si marita?

GIROLAMO. *(c.s.)*

Monsù Romolo Remi fondator di Roma.

DOMENICA.

Oh, suvvia!... non dite cordonerie!

34

GIROLAMO.

Ebbene, si marita la matta di coppe col fante di bastoni!

DOMENICA.

Ma insomma, non mi fate stare col cuore in mano! Voi siete arrabbiato! Dove andate? Dove andate con quel maledetto bastonaccio del malaugurio? Tornate da capo anco voi? È così che insegnate il buon esempio ai vostri figliuoli? È questa la prudenza, vecchio matto?

GIROLAMO. *(terminando di vestirsi, poi accendendo la pipa)*

Ma non lo sai mica che son loro che ci fanno crepare la ragazza di struggimento? Che è quell'agnellaccio di Giovannino Sguaiti che l'ha innamorata e poi lasciata? Che è quel can buldocche di suo padre che ha paura di scalpitare nell'onore - che non ha! - se il suo principe ereditario fa all'amore con la Filomena? Che son loro che vengono a tafanare proprio sotto la coda questo ragazzo? *(A Stefano)* Dammi un fiammifero! - Prudenza, prudenza? La signora Abbi prudenza e il signor Abbiti-il-danno sai, stanno di casa nella contrada medesima! Prudenza un bel corno! La prudenza l'ho e la venero, sissignore, e mi ci cavo il *metternich!* Ma giur'al mondo! Che non mi tocchino i figlioli, che non mi tocchino il mio sangue!... o guai a tutti) Corrpo ! *(È oltremodo inferocito; Domenica e Stefano gli sono intorno per calmarlo) Allè don!...* Fuor de' piedi tutti e due!... Tu va a governare le tue civette, e trotta! *(Gli dà un calcio di dietro)* E tu non mi romper l'anima, e va a badare alla ragazza! Come sta, poverina?

DOMENICA.

Piange.

GIROLAMO. *(fuor di sé e con un ruggito)*

E sono quei due infami che fanno piangere il mio sangue!... Ma, razze di cani, or ora ci riparleremo. *(Si caccia il cappello in capo e fa per uscire dal fondo furiosamente),*

SCENA IX

Detti, Antonio *che si presenta dal fondo.*

(Antonio è vestito all'incirca come Girolamo; cappello bianco, bastone nodoso, pipa in bocca; l'età di Girolamo; contegno tra superbo e bravaccio; Girolamo si ferma squadrandolo minacciosamente).

ANTONIO. *(freddamente e fumando)*

Punto e virgola, e meno fretta, Girolamino,

GIROLAMO.

Fuori di qua; fuori di qua, caro Sguaiti! Non sono mica il mio ragazzo io! E qui non si fanno petizioni!

ANTONIO.

Sì, s'anderà anche fuori di qua; ma prima s'ha da discorrere un pochetto. Circa a petizioni sapete che non ne fo che a bottega, al mio studio! - Mi ha significato il garzone dell'oste che voi eravate in casa, e io allora ho preferito di venire a una intelligenza corporale in persona di ambi noi due, prima di divenire, come dir si suole, alle percosse di fatto.

GIROLAMO.

Niente di meglio! *(A Domenica e Stefano facendo loro cenno di ritirarsi)* Marsch! tutt'e due, *(Domenica e Stefano si ritirano).*

ANTONIO. *(dopo breve pausa, e come avendo raccolto le idee e sempre fumando)*

Voi siete un uomo stagionato e celibe, e spero che ci intenderemo.

GIROLAMO.

Avete a sapere che la barba, mettiamo il caso che me la facessi, me la fo da me, e che quindi non accade che mi facciate la saponata!

ANTONIO.

Io non v'insapono; né vengo qua perché io abbia paura di voi; di questo ne sarete convinto e confesso, spero! Perché capirete che ogni uomo ebbe dalla Provvidenza il suo par di muscoli, che vuol dire che siam tutti contenti uguali, sia per bere l'acquavite...

GIROLAMO.

Sia per somministrarci fior di rincalcate sul rispettivo cilindro!

ANTONIO.

Sì, signore! Ché così hanno da essere gli uomini della legge! Dunque veniamo al preambolo dell'affare per la quale. - S'ha a sedere?

GIROLAMO.

Sediamo pure. *(Seggono l'uno di fronte all'altro in differente attitudine, ma entrambi con aria di minaccia e seguitando a fumare).*

ANTONIO.

Dunque come la mettiamo?

GIROLAMO.

Io dico che la metteremo bene!

ANTONIO. *(fumando)*

Ovverosia?

GIROLAMO. *(similmente)*

Di che?

ANTONIO.

Come, di che?

GIROLAMO.

Sì, di che?

ANTONIO.

Girolamino!

GIROLAMO.

Tonino! *(Antonio, perdendo la pazienza, fa una cantatina; Girolamo fa altrettanto).*

ANTONIO.

La pentola bolle!

GIROLAMO.

E la mia è già lì per buttare all'aria il coperchio!

ANTONIO.

Ma in conclusione, volete che discorriamo sì o no?

GIROLAMO.

To', siete voi che volete discorrere; dunque avanti: io vi sto a sentire. Ma se volete che cominci io, comincerò io.

ANTONIO.

Sì, cominciate pure.

GIROLAMO.

Io mi spiccio subito; già il conto è corto. È vero che voi avete detto che non volete imparentarvi con me perché faccio il vetturino?

ANTONIO.

Questo è fallace! Vero si è che mio padre era uno dei primi salumai della Metropolitana, ma non ha mai avuta la superstizione d'insinuarmi questi principii ristocratici! - Siete un galantuomo voi?

GIROLAMO.

Lo mettereste in dubbio?

ANTONIO.

Io non lo metto in dubbio; dimando.

GIROLAMO.

Allora stringiamoci la mano, perché una stretta di mano l'è quell'atto di dire del pensamento di due galantuomini, i quali, si rispettano ciprocamente!

GIROLAMO.

Sta bene. - O perché dunque non volete che il vostro figliolo faccia all'amore con la mia Filomena?

ANTONIO.

Ragione semplicissima. Quanto ha di dote la vostra signora figliuola?

GIROLAMO.

Sapete l'abbaco? Se lo sapete, ha per l'appunto quanta gliene può garantire il vostro signor figlio.

ANTONIO.

Adagio, Biagio! Mio figlio è garzone di negozio; il suo padrone gli vuol bene perché fu il suo compare, e a un po' per volta, se righerà diritto, potrà mettersi insieme qualcosa, così di diventare, puta, a società di dividere, per esempio. una metà a lui e tre metà al padrone, non so se mi spieghi, e chi sa che una buona volta non si ritrovi anche da mettere un po' di bottega di suo, ché adesso col vapore tutti mettono bottega, che falliscono poi, ma questo non vuol dire, perché lui non avrà quell'albagia di dire di voler fare il passo più lungo dei calzoni, e se lo farà, tanto peggio per lui, che i calzoni si strapperanno, che allora poi si potrà vederne delle belline davvero! Vi entra?

GIROLAMO.

E la mia figlia fa la sarta, e la sua maestra n'è stracontenta, e la le insegna tutte mai le furberie e i segreti del mestiere... e i busti finti... e i fianchi imbottiti... e altre parti del corpo.... e la lavora come un angelo coi fiocchi, e la potrà impiantar negozio anche lei; che voglio con questo riescir a concludere che la non è un bel fistio da meno dell'illustrissimo vostro figliolo, e che non c'è una ragionaccia al mondo, giacché il vostro figliolo l'ha innamorata, e che pare che ne sia innamorato anco lui di farli marcire tutti e due per il bel sugo d'un capriccio e d'una ostinazione da matto! Mi spiego?

ANTONIO.

Da matto!? - Punto interrogativo, matto chi?

GIROLAMO.

Matto voi, proprio voi!

ANTONIO.

Ma io vi dico che fuori del vostro tetto - ché siamo per l'appunto accanto al tetto - voi non mi dareste del matto.

GIROLAMO.

E io vi garantisco che ve lo vengo a dire dove vi pare e piace! E senza farmi accompagnare dagli ajutanti come fate voi quand'avete da trovarvi a tu per tu con un ragazzo!

ANTONIO.

Io non prendo ajutanti, niente affatto! Sono venuti meco Pietro Bertozzi e Giacomo suo cugino, ma è stato solamente...

GIROLAMO.

Bella compagnia quel Giacomo!.. Proprio una compagnia che...

ANTONIO.

Potete dirne male voi? Se ne dite male sarà segno...

GIROLAMO.

Ma che? Non è quello che faceva il barbiere, e che l'anno scorso...

ANTONIO.

Giacomo Bertozzi non ha mai fatto il barbiere invece; vedete da questo...

GIROLAMO.

Senti! Aveva la bottega sul piazzale del Mercato Vecchio, e mi ricordo anzi...

ANTONIO.

Eccone un'altra! Nel piazzale del Mercato Vecchio non c'è mai stato botteghe da barbiere! Modo per cui...

GIROLAMO.

To', non c'era una bottega da barbiere nella cantonata, sotto alla casa del dottor...

ANTONIO.

Ma che! Nel piazzale del Mercato Vecchio non c'è neanche una cantonata!

GIROLAMO.

Bella! Un piazzale senza cantonate!

ANTONIO.

Cos'intendete voi per cantonate?

GIROLAMO.

Quel che mi pare, to'! Che siete il maestro di dottrina cristiana di venirmi a dimandare chi m'ha creato e messo al mondo?

ANTONIO.

E io vi dico che c'è dei piazzali senza cantonate.

GIROLAMO.

E io vi dico che mi fate ridere!

ANTONIO.

E io vi dico che senza motivo ridono i matti!

GIROLAMO.

I matti?

ANTONIO.

I matti! Vocabolo abbreviato!

GIROLAMO.

Ma a chi del matto?

ANTONIO.

A voi, seconda persona, tempo singolare.

GIROLAMO. *(cominciando a scaldarsi s'alza in piedi e gestisce,*

tenendo il dito molto vicino al volto d'Antonio, che resta seduto)

Stammi a sentire, ve'! Tu sei in casa mia e ti porto rispetto; ma provati a darmi del matto fuori di casa mia, e ti farò vedere se sono matto o savio!

ANTONIO. *(vedendosi il dito di Girolamo presso il volto gli afferra la mano e l'allontana)*

Qua non accade di parlare colle punte dei diti negli occhi!

GIROLAMO. *(svincolando il pugno con violenza)*

E tu non mi pigliare per i polsi, che la finisce male! *(Si alterano entrambi).*

ANTONIO. *(alzandosi)*

Io non voglio diti contro gli occhi!

GIROLAMO. *(crescendo)*

Io non vi ho messo diti contro gli occhi!

ANTONIO.

Ma, ma, ma, ma... guardate un po' che mi capita a me quest'oggi, mondo ladro!

GIROLAMO. *(alzando la voce)*

Ma che mi capita a me piuttosto!

ANTONIO. *(c.s.)*

A voi vi capita quello che vi conviene!

GIROLAMO. *(alzando la voce e venendo l'uno contro l'altro come per attaccarsi)*

Smettila !

ANTONIO. *(c. s.)*

Leva l'unto!

GIROLAMO. *(c.s.)*

All'ospedale!

ANTONIO. *(c.s.)*

In galera!

SCENA X

Detti *e* Domenica.

DOMENICA. *(entrando risolutamente fra i due e respingendo or l'uno or l'altro)*

Eh! ma dite un po'! Non avete vergogna tutt'e due, alla vostra età? È questo il buon esempio che date ai vostri figlioli, vecchi senza giudizio!

ANTONIO.

Ma cara voi, la mia donna, capirete che chi ha sentimento di riputazione di stimare l'onore del decoro di sé medesimo, non si può, Giove birbone! deliberare da quel certo zelo a sentirsi dire delle parole senza educazione!

GIROLAMO.

Ah! e il santo zelo mi starà poi fermo a me che si tratta del mio sangue, e della mia creatura?

ANTONIO.

Oh! insomma, punto e a capo, che è tempo! Io son venuto a dirvi che richiamate vostro figlio a quel dovere del rispetto di dire che non si offende le persone, e non si pretende, Giove cane! che bevano quando per l'appunto non han sete! Io pure terrò mio figlio in quella legittima moderazione di non incolparsi, nossignore, con atti virulenti di procreare litigi nelle famiglie tranquille e domestiche. Ma vi dico a tanto di letteroni che, se il vostro figliolo non avrà giudizio, picchierà i corni proprio contro quelli di me, padre di mio figlio, e tanto basti!

GIROLAMO. *(dopo breve pausa durante la quale passeggia per calmarsi,*

fa uno sforzo, e cercando di prendere un tono pacato dice)

Tonino!... Venite qui... mettiamo giù i bastoni... guardate, son io il primo a dare il buon esempio! *(Consegna il bastone a Domenica; Antonio ci pensa un poco, poi fa lo stesso).*

GIROLAMO.

Menica, dateci un po' qui quella bottiglia di vino. *(Ad Antonio)* Sediamo costà, a codesta tavola. *(Avanza una tavola e due sedie; Domenica porta la bottiglia e due bicchieri)* E ragioniamo... ragioniamo da galantuomini e da cristiani.

ANTONIO.

Questo si può fare e ci sto. *(Seggono uno rimpetto all'altro).*

GIROLAMO. *(versa da bere)*

Bevete... e beviamo!... Alla vostra salute, Tonino!

ANTONIO.

Alla vostra, Girolamo. *(Bevono)*.

GIROLAMO. *(riempe di nuovo i bicchieri, e dice a Domenica)*

Vai, vai pure di là. *(Domenica parte; Girolamo appoggia i gomiti sul tavolo e pone il capo tra le mani stringendosi la fronte con atto di dolore, poi si forbisce i baffi e la barba, e comincia:)* Sentite, Tonino, io vi apro il cuore tal'e quale come se fossi davanti al giudice criminale... al confessore... a Dio benedetto! - Vostro figliolo ha innamorato la mia ragazza, e l'ha fatta ammalare; quella ragazza... non ci posso pensare, ma pur troppo prevedo così! - Quella ragazza dunque... - Madonna, fate che mi sbagli! - Insomma quella ragazza mi muore... mi muore di struggimento! Mettetevi nel caso mio; siamo povera gente, e non si ha altra consolazione nel mondo che quella dei nostri figlioli!... Quella figliola di là poi della Filomena, non sta a me il dirlo, ma l'è una di quelle creature che delle compagne non ne ha neanche un re di corona... perché ubbidiente, perché buona, perché onesta...... insomma, vi dico, la consolazione di sua madre, mia, di tutta la casa. - E dire che adesso me la vedo, poverina, di giorno in giorno a deperire e diventar sempre più magrettina, sempre più pallidina!... Con quella tossetta secca, con quelle due rosette rosse sul viso!... E mai un lamento, per non darmi pena! Se credete in Dio, Antonio, l'è uno spasimo tale!... - Io, vi dico questa, se vado con la vettura lontano sole venti miglia, da star fuori una nottata in tutto... mi par sempre, quando ritorno a casa, di dover ritrovare una qualche disgrazia... e subito pianto lì i cavalli in mano al garzone, e via che camminano... e infilo la porta, e su per le scale a due, a tre scalini per volta, che mi batte il cuore, mi manca il fiato, mi sento martellare i polsi negli orecchi... perché vorrei esser subito in cima alle scale... e pure non vorrei mai arrivare al momento d'aprir l'uscio di casa... ché mi aspetto sempre di vedermi venire incontro la Domenica con le mani nei capelli a dirmi che la nostra figliola è in mano al prete!.. - Oh! la Madonna benedetta non vi faccia mai provare altrettanto! *(È grandemente commosso, si asciuga gli occhi e beve per contenersi)*.

ANTONIO. *(beve mestamente, poi)*

Eh!... capisco ogni cosa, e poveraccio, vi compatisco!... Oh! se vi compatisco! Mi è morto un ragazzo, e so... so che cos'è il distaccamento di un figliolo! Ma d'altra parte che volete che vi faccia io? Ho dunque da permettere un matrimonio che non è secondo le mie viste di poter promettere quella riescita di dire di una famiglia che stia bene che non le manchi il suo bisognetto d'educare la prole nascitura, cercando che l'onore del decoro della casa vada sempre crescendo da padre in figlio e da figlio in padre, e via discorrendo, che l'è il dovere del cittadino di dire, no, non vuo' mettere al mondo degli spiantati e dei martiri quando non ho il *conquibus!* Che se tutti la pensassero per così, con questa profezia, dirò, del pitoccamento davanti agli occhi, non si vedrebbe tante famiglie senza patria e senza tetto che le son cose da far piangere i sassi e le pietre più ircane come tanti bimbi da maestra! - Vi torna?

GIROLAMO. *(che durante questo discorso è tornato a inferocire,*

vedendo d'aver parlato inutilmente, fissa Antonio e gli dice con cupa freddezza:

E intanto, dunque, che la mia ragazza crepi, eh?

ANTONIO.

Oh vedrete che la non creperà, poi!

GIROLAMO. *(alterandosi)*

Vi dico che crepa.

ANTONIO.

Ma, figlio caro,

GIROLAMO.

E vi dico che crepa per cagione del vostro figliolo!

ANTONIO.

Ma no, mettetivi tranquillo, che vedrete...

GIROLAMO. *(c. s.)*.

Vi dico che crepa per causa di quel mostro d'un scimiotto del vostro figliolo! E che la non è giustizia un accidente che l'abbia a crepare!... E che io non voglio che la crepi!... E che se voi altri me la farete crepare, croce santa e benedetta! *(Afferra un coltello che trova sulla tavola)* Questa è una lama di coltello che vi caccerò fin dentro nell'anima a tutt'e due, se andaste a star di casa anche nel tabernacolo! Perché la giustizia compatirà un povero padre assassinato nella sua creatura *(Resta col coltello brandito, in atto minaccioso e come fuor di sé)*.

ANTONIO. (si alza)

Ah! ho capito!... Voi mi volete tirare a cimento di fare una qualche catastrofe! Ma io sono uomo stagionato e ho quella pacatezza di misurare il periglio sottoposto. *(Scaldandosi anch'egli)* Oh sta a vedere che adesso quando un padre ha una figliola con un po' di mal di capo avrà il diritto di andare a pescare il padre di un qualche giovinotto, e di mettergli il coltello alla gola, e di costiparlo per forza a promettere che il suo figliolo sposerà la ragazza tanto che la possa sternutire!... *Allon don!* smettete, e abbassate quel ferro, ché sapete che ho delle protezioni, e che posso farvi pentire con amaro pianto!

GIROLAMO. (con cupa ferocia)

Dunque... nulla?

ANTONIO. (risoluto)

Nulla! Mi spiego?

GIROLAMO. (sta quasi per inveire sopra Antonio, poi inorridisce,

si sforza a deporre il coltello, dà una giravolta, poi dice:)

Quella è la porta! *march!* – E pregate Dio, pregatelo molto, che la Filomena guarisca!... Ma se mai, uno di questi giorni, vedeste della gente... con dei candeli accesi qui giù, davanti alla porta di casa mia... e poi un cataletto a venir fuori... *(Commosso e rabbioso)* con sopra la ghirlanda... voi capite eh?... – Ebbene quel giorno, che il diavolo non vi tenti a restar qui, Antonio; andate via, andate lontano di molto, e stateci di molto tempo, voi e vostro figliolo perché se vi troverò come vi cercherò, guai per voi, guai per me, guai per le nostre povere famiglie!

SCENA XI

Detti, **Giovanni** dal fondo, poi **Stefano** da destra.

(Giovanni entra precipitosamente e viene a gettarsi in ginocchio davanti a suo padre Antonio. Girolamo, riconosciutolo, non può più contenersi e agguanta una sedia per picchiar giù; ma in quella Stefano salta a trattenere suo padre, al quale parla in modo che questi si lascia ripigliar la sedia e si calma un poco; tutto ciò senza interruzione di dialogo).

GIOVANNI. *(in ginocchio)*

Ah babbo, babbo mio, mi accoppi, mi ammazzi, ma or ora dalla finestra della camera di mia zia Margherita ho rivisto la Filomena, che non avrei mai pensato di vederla in quello stato, e che sento che non è possibile al mondo che io voglia avere sulla coscienza il rimorso di dire d'una ragazza che per colpa mia va a farsi benedire!

ANTONIO. *(con grande maestà)*

Voi siete un figlio inopportuno e insubordinato! Che non si manca così di rispetto agli ordini i più altefatti di un padre! - Sollevatevi!

GIOVANNI. *(s'alza)*

Creda, babbo, che io lo rispetto, ma che cedo a quella cosa di pensare che io le voglio bene a lei, che lei mi vuol bene a me, e che si vede che siamo destinati di sposarsi, se no la non si sarebbe ammalata in quella maniera di dire che non è più che pelle ed ossa!

SCENA XII

Detti, Filomena *e* **Domenica** *da sinistra.* **Margherita** *dal fondo, e infine la* Voce *del Medico di fuori.*

FILOMENA. *(entra mestamente lieta e va verso Giovanni)*

Oh grazie, grazie, Giannino! - Dio vi renda merito di queste parole! Capisco che mi volete sempre bene, e questo mi basta; se anche non vogliono che ci sposiamo, pazienza, basta che io sappia che mi volete bene, e che non siete un discolo che m'abbiate tradita per divertirvi! Oh sono pur contenta!... - Mamma, datemi una sedia.

DOMENICA. *(facendola seder tosto)*

Oh Dio! Ti senti male?

GIROLAMO.

Presto... un po' di qualcosa... un po' di vino!

FILOMENA.

No, no, credete che non è nulla! Anzi mi sento meglio... ma tanto meglio!... Povero Giannino!

GIOVANNI.

Babbo, lasciatevi commuovere!

MARGHERITA.

Eh! ma che ci avete lì dentro, invece di cuore, una salsiccia?

STEFANO.

Con la muffa?

ANTONIO. *(un po' combattuto)*

Niente affatto! È perché qui, ben veggo, si vuole usare violenza al mio carattere indelebile!

DOMENICA.

Oh nossignore! Nessuno vi vuole usare violenza! Ché in fin de' conti la mia figliuola non è nel caso d'aver bisogno d'impiastricciare su all'infretta un matrimonio per salvar l'onore.

MARGHERITA.

Oh per Diana, Bacco, baccone, bacchetta e bacchettone! La finirò io con questo tulipano non buono ad altro che a far mal odore! Che io non me la vuo' più lasciar morire in bocca, ché a forza di stare zitta la monaca sposò l'ortolano! - In sostanza del fatto, chi è che vi dava una mano a pagare il cambio del vostro figliolo altro che queste quatr'ossa sbontadiate di vostra sorella? Ma l'asino e il mulattiero non hanno sempre lo stesso pensiero! E il mio pensiero adesso guardate un po' qual'è. Filomena, piglia questo cartoccino: senti come pesa? C'è dentro preciso da pagare il cambio del tuo Giannino; se ti sposa, pagaglielo; se non ti sposa, lascialo andare a farsi... soldato, e tieni i quattrini per un altro, chè già degli uomini non ne mancano mai, e la carestia dei calzoni non l'ha provata che Eva ! *(Dà il cartoccino a Filomena)*.

FILOMENA.

Povera Margherita, io non vi dico nulla... ma il Signore ve lo scriverà lassù, vedete! Nondimeno lasciatemi fare a modo mio. - Giannino, amo meglio di dire pover'a me, che pover'a noi! Motivo per cui, tenete, questi sono i quattrini, ma ubbidite pure a vostro padre, *(Dà il cartoccino a Giovanni)*

GIROLAMO. *(con tenerezza e orgoglio)*

Eh! Dio ti benedica!

DOMENICA. *(lo stesso)*

E ti faccia santa! *(La baciano).*

MARGHERITA.

Che per scimunita t'ha già fatta la grazia! - Proprio come quello che non mangiava uva bianca perché la credeva acerba! Quando s'ha il coltello per il manico e' si tien sodo! E così dicasi d'un marito!

GIOVANNI. *(ad Antonio)*

Babbo, lasciatevi commuovere la coscienza! *(Margherita e Stefano si uniscono a Giovanni e fan ressa intorno ad Antonio perché ceda).*

ANTONIO. *(dopo breve resistenza arrendendosi)*

Basta, basta così... basti! - Figli miei, io vedo che il destino l'è quella cosa di dire che bisogna seguire quello che è destinato dalla volontà del cielo, massime quando si vede che quel che deve accadere, non c'è più niente che lo possi impedire e molto meno il misero mortale di questa terra! Motivo per cui, andate là, che dalla grazia *quam deus*, non mi oppongo più. *(Allegria generale).*

STEFANO.

E io sarò il cambio per Giovanni, che non mi par proprio vero d'andar soldato adesso ch'è tornata l'Italia! - Per cui, Giovanni, qua a me il cartoccino.

GIOVANNI.

Troppo giusto! *(Dà il cartoccino a Stefano).*

STEFANO.

Ma non credeste però che volessi tenerlo per me, che volessi tenerlo, che volessi! - Questi quattrini li regalo a mia sorella, che sarà la sua dote! *(Dà il cartoccino a Filomena. Ringraziamenti e feste di tutti; in questa la)*

VOCE DEL MEDICO *(di entro)*

Si può entrare? Ci siete?

STEFANO.

Senti! è il medico!

MARGHERITA.

A me, a me. *(Va all'uscio)* Signor dottore, non si scomodi a far codeste scalaccie ultime! Dice la Filomena che per ora non ha più nessun bisogno di lei; fra nove mesi può essere, e lo manderemo a chiamare. Serva sua! *(Tornando nel mezzo della scena)* Ci vuol altro che medici e medicine! La medicina d'una ragazza ammalata è farle sposare il su' damo.

FINE DELLA COMMEDIA